しろいうさぎを狩る者たち

渡辺玄英

思潮社

目次

装幀　中島浩

しろいうさぎを狩る者たち

*

冒頭（雨

冒頭の一行が消えている
朝の
雨の音はかすかに　聴こえる
けれど
そのはじまりの　子音は
消えている
（そういえば
いま　夜明け
前に　失くした時間が

あっただろう（かもしれない
オリオン座の片足が昏くしずかに消えていった（気が
したけど
あれは（亡くした雨の音だった

（前鼻子音
を
発語しようとして
鳥の聲しかでてこない（早朝の雨の後足は鳥の聲
（杖をつき
冒頭の一行をさがしにいく
けれど
『出エジプト記』というビストロに
いつも「Closed」のプレートが出ているように

死語をさがす方法さへないけれど

朝の雨に
陽が射しておとずれる
黄金の時間は
始めからどこにもなかった
（王冠を無くした雨（の予感だけが
（かすかに（痙攣している
眼底に
必死に
（しっしっと
ポイントオブビューの奇石が
雨に濡れる
のと同様に（汝いづかたより来たるかを知らず

挨拶に（別れの挨拶しか
なくなれば
（あとは雨に打たれる樹々の音に耳を澄まし
樹々から滴る雨の音に耳を澄まし
遠ざかるオリオンの雫を
盲目で見送る
（どこかで分岐したよ
夜の沈黙を解体する空白すら与えられず
朝の雨は止まない（繰りかえす
この星に降る雨の音はなおさら
いつの時代に流れていくのか

鳥の聲だ

いくら話そうとしても
（知らない小舟に乗って
無くした冒頭と
消える（前鼻子音の
空隙に
（軽く跳んだ（のか
ので（そしてまた雨
あたりには誰もいない
ぼくのことばは鳥の聲と一緒
（遠くから来る
かぼそく

滲んで

最後の光景

水門を開けてください
大きく　放流してほしい　のです
ぼくは
水没して
青い光につつまれたい
あるいは　青い青い水藻に
あなたの見る最後の光景が　これです
水没する　ぼくは

だれにも見えないから　もはやぼくでは　ない
こう書いているこの　わたしも　ぼくではない
でも　水没したぼくは
イルカの言葉を　話し　ながら
あなたの記憶の中に　いるのです（見えない（けれど
青い光　あるいは青い青い水藻

水没して
からだの関節も水門も錆びついて　しまった
水底では
わたしの安全のために　異人は出ていけ　と
叫ぶ（さけぶ　人がいる
ふるえる六十兆の細胞が　猛り狂う　のです
ぼくだって　異人なのに

（いくら叫んでも
取り返したい魂は　だれも取り返せはしない　のに

だから　おいで
ここは　あらゆる流れの　おわるところ
流れに　沈み　水銀のように溶けても
わたしが　わたしたちではなく
ぼくはイルカ語のノイズに　すぎなくて
あなたの記憶　悪意と善意　それからたくさんの
関節と水門が　必要な　のです
ときに河川と異人
あるいは　ウイルスと水藻
水藻に　からまるたくさんのゴミや　瓦礫
干上がっている空　でも　だからこそ

ぼくが最後に見る光景は　これ
水藻のあいだを　青いノイズが
ちいさく上っていく

駅

深夜の駅
るるる6両の電車が目の前を通過する
誰も乗っていない
明るい視野の中には
ただ
空気と呼ばれる死が満ちていて
誰も乗っていないるるるる

最後尾の車両には

ここにいないわたしが白いマスク姿で
乗っている
しずかに咳をしている
心音はもうきこえない
電車が通り過ぎたら
わたしはいなくなっているからね

西鉄電車はアイスグリーン
（歯磨き粉の色をしてる
あたりは明るくても（駅の外は闇だよ
だれも気にしてくれないなら（波打ち際
わたしは一人でここで毎晩歯磨きしてもいいな

車窓からここにいないわたしをみているホームのわたしが見える

ほんの一瞬

あれは六年前にいなくなったわたしですね
わたしに出会っていれば死ななかったかもしれないあなた
もうちょっと生きてみっかなと呟きながら
すこしずつすこしずつそして一瞬で波に攫われたわたし
(死の気配に包まれてもマスクをしていれば耐えられる
耐えられる、生きているあいだは死なない気がする
(駅を通過して
(暗い窓に蛍のように波が打ち寄せる
(滲みながら駅は紫の闇に流されていく
あのときわたしは
電車には乗らなかった
るるるるる

しろいうさぎを狩る者たち

しろい満月は
遠近感を失くしたきみを
おぼろに語りはじめる
（だれもいないから　いない人にいつも出会う
暗いビルと　さらに黒い輪郭の人が立っている
スキマ（夜空がうすく切り取られ掠れた咽を鳴らすくるう
ムスーの電線にからまる夜に封じられて
街は終りのこない夢
ゆめの始まりが奪われている夢

（ゆうれいたちはかつて白いうさぎ（を狩る者だった

いつからだろう
影さえ傷になりそうな部屋で息をひそめて
星の自転軌道の気配だけを探って（いるいない
（さえぎられた夜空と　なおも墜落する星座たち
声は出さないから（から耳ばかり敏感になって
ちきうのデータがしずかに消えていく音を聴いていた
（地図上では表示不能な
よわよわしく（立ちのぼる気泡
（南方から颱風がゆっくりと北上してくる
（あるいは（月からちきうを見上げるきみの気配に
眠ることを奪われたこの星の
ネットワーク回線の（森の奥の禁猟区の

ここにいないから（からいるゆうれいを浮かび上がらせるぼんやり

本の隘路（すきまで見失ったセンテンスが
死人のぬかるむ耳の深い沼からの死人の声の
しだいにいないことがのろいになる

深夜の夢に係留された
満月の隣のビルに
ひとつだけ窓に灯りがともっている
（沈黙の月と交信している（うさぎの呼吸
あのよわい月の光に照らされている窓の
あのよわい灯りに照らされている液晶ディスプレイのヒトは
（いるのかいないのか
夢とか罪とか一面のすすきの原とかが無限につづき

だけどすぐに狩られてしまう
近さと遠さには意味はない（目がくらむ
たとえばきみがあのビルの屋上から月へ跳ぶとしたら
言いそびれた言葉が何だったか誰ももう思い出せない

うさぎは殺されるとき声をだせない
からうさぎは耳を澄ます
だから
月の軌道の音をせめて聞きもらすまいと
きみは微かな息遣いで伏せている（フセヨ
幼いころ飼っていなかった　いないうさぎがぼくらを
見つめている
（さらによわいものが（さらによわいものから消されていく
ビルの非常階段の常夜灯が耳鳴りのように鳴っていたのに

あるとき、ふいに途切れる
なんだ突然音もなく消えるんだ（そんなふうに地上からなくなる
あの日のうさぎ（きみの目の光

空気の日記

今日という日が終らない
明日はどうすれば始まるのか（わからない
手を洗っても洗っても拭えない汚れがあり
蛇口から流れつづける今日という一日が
ずっと水飴状に透明な均質さで引き延ばされていく
夜の息苦しさの底でわたしはかすかに発光している

洗っても洗っても夢は穢されていく
溺れるように今日の渦に耐えていたがこれは誰の夢なのか（わかりはしない

東の森で銀河の星ほど人が燃やされていった
北の村では深夜に鈴の音だけがしんしんと降っていた
窓の向こうに（星あかりに輪郭を溶かしている世界があって
無人の町の夢に一匹の犬が眠っている

今日もいくつかのドラマで何人かの人が殺された
何人かの犯人がいて　何人かのわたしが目撃した
何人かのわたしが今日も何人かのわたしを殺めると
それは巻き戻されてまた最初から始まるのだった
ドラマでは有限の動機によって無限に人が殺されて（人類は滅びる
もう誰もいなくなってしまった（また巻き戻される

肺呼吸がすたれていってタバコから煙がのぼらなくなった
陸に這いあがって進化の過程に入っていたがまだ夜だった

狩り立てられてすでに絶滅した男たちの
細かな癖に気づいていたのはわたしだけかもしれない
右の人差し指で顎のあたりを掻く何気なく
この仕草をわたしは今日何度となく繰り返していた
その手は汚れている洗わなくては

死は
人類に感染されている
死はわたしに感染されている
死はわたしを怖れてふるえている
白い花びら　ひとひらひとひらも　わたしから感染されて色褪せていく
自然の景観はこれほど容易に表情を変えたのだった
その内側を荒々しく喰いちらしている　のはわたしだった
わたしは容易に色褪せていく私の夢を見ている

（私がわたしを怖れていることはわかっている
私はわたしに感染されて滅亡する

無人の町の夢に眠る犬（の夢の中に
（ときおり名のない草がゆれる
犬の夢のなかの無人の駅のベンチに黒い鞄がぽつんと残されている
こうして世界は終りました
夢の中で
（昨日までは地球の夢を見ていた

昨日まで地球の夢を見ていた

昨日まで地球の夢を見ていた
あの日　星が地平線に沈んで
世界が消えた
列島は折れて　弓の形に
青い星は波に洗われていた

無人の駅で私たちは
来るはずのない列車を待っていた
おそらく雨が降ってくるので　私たちは寄り添い

（星のかけらを足裏に感じながら
おたがいの名前を忘れていることに気づいていた
（たとえ思い出しても繰り返し忘れるだろう
なぜなら私たちは無人駅の記憶にすぎないから

手元にある黒い旅行カバンがいったい誰のものか
誰も知らない
（線路沿いには菜の花の群れが黄色く伸びている
つまり
この忘れられた駅舎が　私に記憶を模倣させたのだが
それに気づかない私たちはここで肩を寄せ孤独を共有している
失われた星の迷子たちに
未来に辿りつくためのコトバはすでに忘れられていた

明日の朝　私たちは無人の駅で
来るはずのない列車を待っていた
（という未来を繰り返している
おそらく雨が降ってくるので　私たちは寄り添い合った
誰も駅の名前を知らず
いつからここにいたのかも覚えがない
この駅も滅んだ星の記憶にすぎないから
明日　私たちは夢が終るのをぼんやりと怖れていた

観測点によって宇宙の姿は無限に生まれる
（そして無限に滅び続ける
夜空の星たちは　観測点の記憶の粒子
ちりぢりの鈴の音　いくつもの星座の残響
（やまねこ座　こいぬ座　カシオペアそして地球

ここから見上げるわたしの中で焦点を結んで
手を伸ばすけれど（伸ばすほど
遠ざかる
（永遠に渡れない海に沈む星たち

昨日まで地球の夢を見ていた
無人駅はいつも曇り空だった
あたりは静まりかえって
どうせ誰もここには来ない
星が生涯を終えるときに

*
*

白地図の星座

白地図を抜けると
冷たい森だった（残雪の白と黒
あたりには死んだ鳥の気配が満ちていて
樹々の枝が絡み合う空の傷口は
（ときおり火花が散り
なまなましい

卓上の珈琲を飲みながら
窓の向こうに

たとえば雨が降ると、静かにあらわれる郵便局があってもいい
偶然のように
いつからそこに建っていたのか思い出せない
レントゲンの影（の中に浮かび上がる風
のように配達夫が飛び立っていく

夜
森から見上げるあの星座と
あなたがカフェから出て
街角で見上げる綺麗な星座が
同じカシオペアだとしても同じ形のはずがない
あるいは
あの星座の一つの星（ケンタウロス５番星θから夜空を見上げれば
わたしたちは

傷ついた星座のように見えているだろう

白い地図の向こうの
街路樹の小鳥のさえずりを
冷たい森に踏み迷う人は知らない
（ほとんどの星は地球から一千光年の距離内にあるらしい
たとえばあの星の光を見ているあなたと、わたしは分かり合えないだろう
たしかなのは
（おそろしいことに
森を抜ければ（無数の
奇形の案山子が乱立していること
あらゆる音が消えて
死んだトリの沈黙だけが耳を支配していること

同じ地図を見ながら、異なる光景をいつも見ている
ひとりひとりが異なる星を見上げて
同じ暦と同じ地図を生きようとして
（同じ夢を見ようと（震えを飲み下しながら
何を錯覚しているのか。
卓上の珈琲とわたしの間に
埋められない近さがあるように
森の人とわたしはまさに星座だ（光年ほども近く
耳元で囁けるほど（はるかに遠い

だから
街のカフェの人々の指はみな
知らず知らず奇形の鎌の形をまねている
わたしは

（この街のムスーの記憶にすぎないから
森の人が無事に生きていることを
祈りはしない
（濡れた瞳に光を映して
遠くの星座を見上げながら
祈っている知らない人を　知っているだけ

白地図の上を歩けば
（残雪と枯葉を踏みしめる音が響く
あるいは記憶の森の案山子のように突き立った記憶
けもの道をうねうねと辿り
枝の絡み合う夜空に　星座の傷口がぎらぎらと光っている
敵に擬態するものに銃口を向けて（あれは人ではない案山子にすぎないと
森の人の指が奇形の鎌の形に曲がっていく

＊

その日、冷たい森には死んだ鳥の気配がする
と　あの架空の街角のカフェで
あなたが手紙を記した昨日
あるいは明日
激しく雪が降って、止んだ（きこえる（遠くの雷鳴
あの街にわたしは行ったことがない、のに手紙が届く
（生涯、行くこともない（あの手紙はだれが書いたのか

星の夢（あるいは夜の虹

むかし地球が断崖だったころの話だ
旧い校舎の微熱をおびてぼくは
緩やかに自転する廊下に立っていた（途方にくれて
実験室の中　白衣のゆうれいは夕暮れを眺めている
砂浜は貝殻ばかり（微酸性電解水のあわい波の沈黙に
フラスコの中には青い星が浮かんでいる
（あるいは新種の蝶です（どこからか迷い込んだきれいな罪過

ほら、これ義眼だからね

失ったものなら全てが見える
光学と時間の死角だけがあらゆる支配から逃れる場所だ
たとえば
古井戸に捨てられた星座が助けを呼んでいる
地層には時間が見えるがあれは断ち切られた過去にすぎない
時間とは波のように希薄で　あらわれてはすぐに消える
つまり、もうすぐ犯人は断崖から跳ぶだろうかという命題

廊下でぼんやりしていると後ろから声を掛けられた
おぼえている？　わたなべくんでしょ　と言う白衣の女性の顔には
覚えがあるのだけれど名前が思い出せない　というより誰？
だったのか　もしかすると非対称のマボロシなの
か　胸の名札には「万物」と書かれている
（宇宙の膨張速度は無限に加速するから（あなたはいつの残像？

と　その場しのぎに話を繋げる……
ねえ、見える？　わたなべくん、後ろに観音が見えるよ
ふりかえると窓の向こうの山に観音の姿が見える
（ほんとだ見えるんだ（観音、しずかに耳を澄ましている
ところで万物　きみはいつの誰？

むかし地球が断崖だったころの話だ
血の花が裂くように夜がおとずれると
潮騒の音があたりをひたす
フラスコの中でも制限なく夜が分裂する
どこか遠くから助けを呼ぶ星座の声がする
（あれってなに、蝶が鳴くみたいに星が泣くってホントだろうか
ぼくの呼気の水分量と等しいほどの悲鳴が（尾を引いて
時を超えて青い星が

闇の海に投身する（微細な（音が
波形ならば（いくら手をさしのべても
繰り返される波（のように掬えない

実験室のゆうれいは静かに観察をつづける
（またひとつ星が消えた
ぼくは何度も廊下に巻き戻されて
まにあわないことだけが繰り返される
蝶の翅の揺らぎに心をかよわせながら
暗闇に消えていく声に（しずかに耳を傾ける
これは星の夢だ
たぶん

（フラスコに放物線

やがて晴れた夜空に
虹がわたる

昨日まで地球の夢を見ていた（水の粒子

昨日まで地球の夢を見ていた
マスクをする
と顔の半分が　消滅する
（小さく咳をして
（半分の闇に息をひそめた
あの日　地球は半分の　闇に染まった
そのケガレ　を
ムスーのわたしは　受け入れた
部屋のガラスの

花瓶に
不吉な青い花が
三百年　咲くのです
（あたりいちめんは瓦礫で
だから　わたしは
わたしの濁った水を　循環させました
（三百年で半減する（わたしのカラダの水は濃縮する

だから　わたしは
熱は　ないけれど　際限なく
風邪薬を飲む
（パブロンゴールドＡ微粒
微粒は　顆粒よりもっともっと小さくて
融解する　わたしの

からだの　細部にまで効果を　発揮する
（すくわれたい（けど
（すくわれない細胞のムスーのざわめき
だから　わたしは　一人ではない
六十兆の細胞の集合でもない
濁った空の下
道端におちている折れたビニル傘
（の想起する雨（の
一滴（の
水の粒子

あの日、青い光の降る東京を歩いた
だから、セシウム137とセシウム134は
しんしんと上野の森にも降りつもり

わたしの半分は青く染まった

あの日、私は表情の半分を失ったので
パブロンゴールドA微粒を飲み続けなくてはならない
融解したものを空白のまま受け入れるために
分岐して半減した地球が発熱するのを忘れないために

パブロンゴールドA微粒が　微熱の未明に降る
セシウム137セシウム134が　封印されたわたしたちに降る
（金の雨ふるふる　銀の雨ふるふる
だからわたしは
祈りながら雨に濡れる難民の群れではない
（葬列にはつらならない
ただつらなることに耐えている

濁った空と折れてやぶれたビニル傘
（の想起する雨（の一滴（の水の粒子の
蒸発することを禁じられたわたしわたしたちの
絶え間なく半減する（ふるえる
分岐した朝から　消えていく青い星を見送る
（さようなら
昨日まで地球の夢を見ていた

空は収縮し、一点で潰れる

何処かでポップ
コーン作っているの
(か?
星が
はじけている瓦礫

まひるの月が昇って
こんなに明るいのに
煙のなかに人が倒れている

かたわらに
手ぶくろが　ひとつ
落ちていた
（そのうちにたくさんの獣の家になるはずだった……
ぼくを　知らない
ひとが次々と死んでいく
（ここで何をしているんだ？
ひとは死んでいくのに笑えないほどの（イたみ
くすくす（笑うなよ（ゆがんでる（くすくす
指先を切ったほどの？

あの日　夢から醒めると
東の島ではかわうそが吊るされて光の粒になっていた
あの遠くの（街の人の煙は

ゆっくりと空に漂うのかそれとも
饐えた匂いで（たぶん埃っぽく冥路の
森をたどっていくのか（カンテラの灯をたよりに
ぼくは代入する（痛みを探して呼吸している気味が悪い
ひるの月の下に
おびただしい案山子が地表に突き立っている
あたりには
乱雑にポップコーンが散らばっている
（白い骨片（誰のものか分からない

未来が死んだので
朝はくり返し巻き戻される
たくさんの星が軌跡を逆行していく
夕暮れにしだいに青空が訪れて（火と灰の地面に

︵麦畑が盛り上がる　︵黄金色の穂の向こうから
︵陽炎のように　︵死者は　︵生還を果たす
︵サイロの横をとおってちいさな家の扉を開けた
︵束の間の夜　︵こどもと絵本を読む　︵唐黍を炒る
︵焚火に照らされ　︵だれか子守歌をうたっている
そしてまた死ぬ　︵千回も　︵万回も
あらゆるものがまるで無かったかのように巻き戻されていく

空は
いよいよ狭くなり
減速し、やがて収縮し、
一点で潰れる
在りし日の　︵あるいは一度もなかったはずの一日の
そこにいたような気がするけれど存在しなかった

どこにもいなかった
ぼくでさえ（くすくす
歪んだ笑いの案山子にならなれるさ（くすくす
コーンが弾けるたびに
ちぢんでいく空の下で知らない人たちが次々と倒されていく
かたわらに落ちている
手ぶくろの中には
手が入っていた
という未来が訪れた

＊ウクライナ民話『てぶくろ』（Рукавичка）から着想を得て

星の〈案山子

ふじのくに世界演劇祭2022「星座へ」のために

夕闇は青い鈴の音　暗い森の笛
きこえますか　きこえますか？
落ち葉を踏みしめると
落ち葉の裏側に　星が生まれる音が　きこえますか？
きこえますか、星が滅びる音が　きこえますか？

「もう　ここにくることは二度とありません
あなたは揺れる麦畑の案山子　あなたは陽の当る白いだけの切り紙

階段のない屋上から　あるいは降りられない樹の森から
やがて底なしの夜空へ
飛ぶのです　無限の」

逃げなさい（星が滅ぶときにどこへ逃げるのですか
いいえそして　森の番人になるのです
（だからどの灯りをめざして逃げるのですか
いいえそして　滅びの森の揺れる案山子になるのです

「もう　二度とここに来てはなりません
左の手首　右の足　大切な人のたくさんの記憶
あなたのものでない長くてつややかな黒髪が　ゆるやかに渦巻いています
（あれはまるで遠い銀河の（星雲のようだ……
あなたが殺した大切なものが　ばらばらになって

その足元に埋められている
そしてあなたも　いつかそこへ行くのです」

夜空には見たことのない形の雲や見知らぬ星座がありました
（耳を澄ませて（闇に耐えてください
すると夜の向こうにさらに夜があるとはじめて気づくのでした
足元の落ち葉の下　踏みしめるたびに　星が滅んでいきます
さようなら　わたしたち　そしてわたしたちのちきう
（たくさんの蝶が細い糸になって舞い飛ぶ季節は終わりました
わたしの記憶の
隠された夜の欠片はもうすぐ消えます
あなたの記憶の
隠された森の景色ももうすぐ消えます

わたしたちは揺れるだけの案山子
いくら切られても白いだけの切り紙

*
*
*

星座の冬

オリオン座ベテルギウスが暗くなり
もうすぐ終焉する
赤色巨星の一生は一千万年に届かないほど短い
かれが死を迎えてもその最後の光は七百年前の光だ
だからあれは星ではない（星でないものが星であり
ひかりである（そのしたたり
（と見あげる人がさざ波になる
舗道を行き交う厚着の人々は（歩く姿のまま埋葬されている
波のように青く明滅する人々と　静かな化石になる人々

雪がふりつもった
この街の夜景は星空のようだ

尾から雪に溶けていく
夜の鹿（トナカイ　しろとあか　聖夜のけもの
こんなにも時間をひきのばして　死の表情をうかべている
死にゆく鹿《トナカイ》とわたしたちは写真を撮る
消えていくからいとおしいのに
撮っているわたしたちは死んで写真ばかりが残されてしまう
おびただしいわたしたちの死にゆく姿が惑星風に舞いつづけている
おびただしい過去とおびただしい未来の雪の欠片
それは時間の起源かもしれない

青い星のクリスマスの街は光につつまれて

「出エジプト記」という店の前に四人の男女がしずかに椅子に座っている
（生きているのかわからないほどの（残像だが
あれは死より遅れてここに届けられた（星のひかり
無限に落下する人がそこに留まりつづけるのと同様に
渦まくこの意識がみているものはいったい何なのか
瀕死の星は急激に質量を失っていく　自らの失われる魂の過程として

瞳の黒さ
光の蜜に　星がうつる
ようにレンズに微小の光がうつり
それを人の目はみつめている
波のきらめきさ　これも星の青さの
瞳に過去の花火がちいさくかくされて
（これらはすべて事後の記憶のさざなみ

鹿《トナカイ》はオリオン座の光をいくぶんか反映して
夜空の星を見上げている
あらゆるものは光の反射なのでもはや姿をたもつことはできない
瀕死の星ではだれだろうとひとりでは海を渡ることはできない

四千年前
シナイ山でかれの瞳に反射した光は
やがてオリオンでも観測される

星座（夢の義足

砂丘に夜の砂丘が巻き戻されてくる夜
星座は義足の夢を見ている
（星の光は幻肢痛の疼きだった
（切断された痛みと痺れ
の記憶の内部で
あの人は
ポケットから
一枚の写真をとりだすと
時が止まる（ので

写真の中のあなたは困惑している
ここに写る自分は（いったい何なのか
輪郭が幾重にもズレていく複製のグラデーション
風に吹かれて（できた砂丘の凹凸
（まるで砂のさざ波にすぎなかったね
（さあ、わたしに近づいて砂の痛みを知りなさい

＊

写真を手にするあの人と
きみは似ている
（のは嘘だろう　から
空のペットボトルから（水を飲もうとして
（水がないから（ここに海はいないと気づいた

（から
ねえ、どこにいったの？
痛みと痺れとノイズだけが
ここに残されている
あのときポケットの中で戦争があって
冬ですらもう季節は終わってしまっていた
（化石
の足を引きずってきたのも
もうおしまい
北の森にはムスーの手足が星になって散らばっていた
ちきうが耐える時間もなかったの　で
だからちきうは（破れた写真の夜空に幻肢痛となって
遠いきみの夜空にだけ
万年前の祝祭を届けているのだったよ

＊

また終わりの冬に
まだ少し濡れている鳥が空を横切って消えた
（海枯れがノイズになって
右足がない（星座（痺れと痛みと笑うざわめきが
銀河星系　断崖の
星のシズカナ　先端で　杖をつき天を仰ぎ
最後の光が
（鋭い針の先端になって
ぼくの眼の奥に（広がる（る砂丘に
突き刺さる墓標
ぼくは

すでに失効した
足の（足元の
砂の一粒一粒に星の名をつける
不毛かそうでないかは関係なく

*

欠けた星座が観測された（オリオンの右足が消えた
あたりには
たくさんの流星の幻が落ちていった
もう森の
星空の下には
だれもいなくなったので　落ちた星の破片が
人の形になってここに立っている

ときおり抱き合い
ときおり奪い合った
血を吐く喚声が割れると
冬がまたおとずれて
（星空は幾度も巻き戻された
破れた写真を一枚手にしてそこに
とても懐かしいものが映っていたはずだったが
もう思い出せなくなっている　と
（どこからか低く波の音が聞こえてきて
体温が失われていくのを
うっすらと受け入れていく

＊

星座は義足の夢を見ている
幻肢痛の
ちきうが地平線の彼方に
沈んでいくのをわたしたちは手を繋いで見送ったね
森も麦畑も川もちょっとの間に
うつくしく緑色に輝いて
一瞬で目の前が見えなくなった
（天国がやけに近づいてきた
遠くの丘に壊れた風力発電の風車があって
その下から（片脚の人だ
片脚の人が手を振っている
（何か叫んでいるけど聞こえない
口の形は
う　み　とか　そ　ら　のようだ

そうだった
星の音も砂の音も
ぜんぶ突き刺さる痛みにすぎなかったよ
弱い人も強い人もみんな死んでいった
さようなら
わたしたちもせいいっぱい手を振る
手を振る人もわたしたちも
星の模様にすぎなかったけれど
でも、幻でも痛覚でもそこにあってくれるだけでいいよ
声は届かないだろうけど
さようならこんにちは

冬の記憶の

信号は赤だった
路面は冷たかった
遠く離れた
街に
冬の花火が上がった（そこにぼくはいない
その街できみは屋上から跳び降りた（そこにきみはいない
（海峡の夜空だった

夜景の沈黙

イルミネの観覧車は無人だった
真っ暗な海峡に
船の灯がいくつも光っていた
また花火がひろがった（音なく
光と光が離れていった（やがて消えた
これは誰かの夢かもしれない（忘れがたい痛覚がそこにはあった
路面は
冷たかった
赤は信号だった
（点滅していた

死よりも遅れて
ここに届けられた
雪が降っていた（惑星に悲しみの音が疼いている

赤い点滅が
雪の結晶のひとつひとつに
反射していた（震えて
（ゆっくり眠れ（ゆっくり眠ってくれ
（路面のかたさ
かじかむと痛みは
夢の中に遠ざかる（そうした救いがあるはずだ
（海峡の街をあのときさみは歩いていた
（けれども海峡を渡ったことはなかった
（しかしみないつかは渡るのです（この三行に後日、抹消線を引く
やがて瞳の奥に昏い花火が広がるだろう
（渡れない海峡を渡ろうとして
屋上から跳んで
（つまりここではないところへ（消えた

あれはいつのことでこれは本当のことなのか
わからない
雪が記憶を上書きした
（そしていつか（記憶が（溶けていくといい
海峡も花火も観覧車もきみもぼくも（ぼくらは忘れる

横断歩道では信号が変わるたびに誘導音が鳴りひびく。白線は途切れ異種鳴き交わし方式と増四度の警告音が永遠に反復される。やがて時がたち　渡し守がはやくここをわたりなさい日も暮れてしまふといふので　渡らうとするが　みな何ともしれず寂しく幾度も背後を振りかへる　あの日　別れてきたあなたを　恋しく思ふ気持ちがある　みな別れてきたものがあるのだ忘れてしまふのはしのびないが　もうそこへは戻れはしない　渡らうとしてゐる人はひとり残らず泣ひた

砂の地図、砂の記憶

だれかの呟きが聞こえる
（ここは砂浜なのにだれも海をみたことがない……
そうつぶやく人すらここにはいない
（破られた地図には曇り空が果てしなく広がり
砂の中に　亡命した人が
まだ生きている（という噂がある
「かつて小さな海がここにはあったらしい」と
かわいた咳のように
コトコトと背をふるわせ

でもオレは海が何か知らんけど
何か大切なことを思い出しそうな気がするんだ

地の下に人々が埋葬されている（のと一緒で
砂の粒子ひとつひとつに
忘れられた記憶が結晶して封じられている
ナショナルとかヤンマーとかカイゲンとか
（まだここに国があったころの話だ
繁華街の喧騒　音楽　車の音
ひとびとの聞き取れないほどの低い声の隙間を
子らの声が走っていく
これからみんなどこに行くのか
このときはまだ知らなかったのだ
かれらは死んだことにまだ気づいていない（らしいよ

路面の（そう、遠い昔ここは舗道だった
砂の記憶は再生されない（まま眠りにつこうとしている
（半ズボンの男の子が（砂の中で（おもちゃの船をたいせつに抱きしめて
いる様子を（内気で怯える（眉間にしわを寄せているその
（男の子をいとおしげに見つめる家族の幻を（砂の中で
亡命者は見つめながら（あの船に自分は乗っていた……
（という嘘の記憶をいま思い出しているところなのだった
そもそもだ（彼にかつて家族などあっただろうか（あったのは
（暗い蜥蜴の住むウツロな森からの逃亡（だから半ズボンの子は
いまでも眉間にしわをよせて（他人をあきらめているらしい（のだった
船は砂の海で沈没した（というのも嘘の記憶かもしれないが

記憶そのものは生きていることに意味がある

思い出す人は水のように柔らかく記憶を包むと
嘘の記憶が再生されて浮かび上がる
つまり
思い出は過去の再生ではなくて
記憶はつねに少しずつ死んでいる
過去の
人の朧な影が
青い水を汲む仕草を
何度も何度もくりかえしている
かたわらを
砂の蝸牛がゆるゆると巻き戻されていく
わたしたちは死にながら生きている
ことを思い出すだろう

たとえば
砂山に埋められた映画館の中で
今も死者の映画を
埋葬された人々が鑑賞する
（映画では、あおざめた亡命者が砂山の窪みに身を潜めていた
風に吹かれているその男の
かたわらの銀色の砂猫が風にそよいでいる
（かぜが吹くのではない。砂が異様な速度で移動しているのだった
あらゆる映画のラストは砂嵐で終わるように
人の終わりは砂になることだった
砂時計の時間の正体はそんなものだった
（つまり人の死とは、生に死が訪れるのではなく
静かに横たわる死の上に　ささやかな生が吹いているにすぎず
（砂の街で、あらゆる記憶が砂時計の砂となって流れ落ちるまで

砂の人々は死者たちの映画を鑑賞しているのだった

そういえばここは砂浜なのにだれも海をみたことがない
わたしはだれかの記憶の中に紛れ込んでいるのかもしれない
（破られた地図はどれも真っ白で、海の記号はみあたらない
亡命者はかつてどこから逃れてきたのか
祖国の名前を忘れている
そこに本当に国があったかも定かではなく
その国に海を知る人がいたのかも定かではない

耳底の影に

耳底の
溺死者を探索した
はるか遠方の
落花の気配が
（傷になる
行方知れぬささやかな
（骨はさりさりと
かすかに
啼くのだった

この星では
生前から皆が瞑目
して闇に結わえられる
だから
（夢はつぎつぎと
引き揚げられる
青い陶器の（ひややかな
破片になって

痛みは
光の屈折にすぎないので
こころに架かる虹の
音色を切り（分けてみようとする

（蝶の翅の細密な（紋様の（筆糸のように
わたしは夢の
破片に
選ばれてしまった（から

桟橋の
細い突端で
耳を切り落とし
この星の
暗い海鳴りに（痩せ
おとろえた波が痛み（消えるのを
鎮めながら

シーツにくるまれて　あるいは

いつわりの
言葉につつまれて
死は（いつも
二つの影を滲ませる
深い耳（底から
浮上するのは
わたしではないが
不気味なほどわたしの
貌をしている
だから　岸にあがる前に
棒で打つ（また打つ
翌朝、ニセの死骸にならないために

溺れるときに

人魚の歌は（聞こえる（のか
耳の奥の（渦の中に
（セイレーンという魔女が棲んでいる
だから
溺れるときに人は（異なる歌をききながら
沈む（のだろう
（そう　わたしにはきっと聴こえない声が
きっと（ある

船上では
死を忘れたひとが
瑪瑙のような目をして笑っている
偽りの（朽ちた光の（反射が幾層にも
呪われて

やがて海が
齟齬の総和と等量になると
この星は蒼ざめて踊るように身を投げる

白い闇の向こうに

それはこの街に
地図が際限なく広がっていた頃のことだった
白い闇が
街にたちこめ
わたしはそこにいなかった（いないけれどよこたわる
（空っぽの地図のちいさなコップは空っぽだった
天秤は傾かず
時間も立ちすくむばかりだった
ときおり何かの鋭い影がにじんでは消えた

空気は鈴のように疼いていた

空白であることは
何度でも過ちを繰り返せるということ
一歩踏みだすたびに
足元の地面はガラス板で割れてしまう
次の一歩で
周囲の街並が砕けてしまう（ムスーの
（破片が（飛散し（て
馬の氷のたてがみの透明なさざめき
無音の嘶き（いななき

ガラスの破片に
この星の悲鳴が谺する

そのときすでに時間は殺されて冷たい死体になっていたはずだ
（そうか冬か。それも極寒の。
破片には今日のふりをした昨日の街並みが映っていた
別の破片には明日のふりをした千年前の星の（光が映っている
けれどもすべて光の反射にすぎないから直接証拠にはならないと
探偵は
この地図の街を彷徨うのだった（猫背に俯きながら（際限なく
だから、時間そのものに意味がなく、
死体のない殺人にわたしは（わたしたちは
耐えられるのだろうか
はたして、それを繰り返し、
見つめ続けることに耐えられるだろうか

白い地図が際限なく広がり

（空では冷酷な冬の寒気が鳴っている
各処に×印が標されている
死体には白い靄がかかって
死体がそこに無いことを示している
が本当はその証拠もない
（ただ、ひとつの固有時間がなぎ倒されて（空白の死体
わたしもいつか×印のひとつとして
あの街角に封印される（かも（されないかも
（うそかも（うそではないかも（しれない
もしかすると
この白い地図は、別の白い地図に飛び散るガラスの破片に映っている
白い街の×印に斃れていた見知らぬ男のコートのポケットの中の地図
なのかもしれない。いや、この星のどこかにひっそりと標された一つ
の×印であった人物の永い眠りの夜更けの一瞬の夢だったのかもしれ

ない。橋が落ちている河畔を一頭の馬が歩いている。

いずれにせよ
ここでは死は遠くにいるふりをしてあいかわらず
（白い地図の白い闇
繰り返し繰り返し
ガラスは割れ（そのたびに人が飛散する
魂はそれぞれの
小さな家に帰れただろうか
陽はひくく
空気は疼いている
ギロチンが落ちる
鈴が鳴っている

碑文の一字

夜になると鳥は何処で死ぬのか
と問う人の耳はつめたい
冬空の向こうの（遠くて近いどこかで
鳥はてうてうと啼きながら凍りつき
次々と星を渡る無数のフネに変身すると
透明な魂になって遥かな海峡を越えていくだろう
そしていつか
黎い《くらい》空の碑文の一字に加わるのだった

ぼくはあらゆる擬人法を否定したくなる
それは地図が半分に欠けてしまったから
いま目にしている風景はぼくのものではなく
ぼくは風景の中の一つの（複数の喜劇にすぎない
ただ揺れる波の観測点として
海峡を渡っていく頭上のトリ《鳥》を見送るだけ
やがて天を閉じるために（海を残して
空が消滅した事実を知るのだった

星が隠されて
一枚の闇の遠くから聞こえるのは
文字から引き裂かれた奇聲ばかり
いまこのとき北方の森で閃光が弾け

ちいさな地上の灯が消える（次々と
「小さな耳は泥にまみれて
　夜明の時刻になっても
　それから一時間過ぎても
　ついに夜は明けなかったのです」

あの日
皿倉山に登ると山が消えました
（世界が見えないことに気づいたからです
帆柱のかなたから雪雲が迫ってきていました
（雪雲は地上を真っ白に塗りつぶしていました
わたしたちは零下の風に吹かれて
顔が消え
手足も忽然と掻き消され

人はついに抹消されたのです
（鳥か蟻か、蝶か……いずれ
その意味が剝離した弱々しいささやきが
地上にうすく影を残している
（いや本当は消えた皿倉山の（失われた時間に消去されたのです
近くて遠い冬空の向こうの
空白の裂目から
何者かの聲だけが錐揉状に墜ちてきます

（やがてくる分岐の果て
その日、冷たい森には死んだ鳥の気配がする
と　あの街角（小倉駅近くのカフェで
ノートに氷柱のような細い文字を記した
~~（これは繰り返される記憶にすぎない~~

（幾つもの境界を越えて
ぼくはふたたび擬人法を否定する
あれは過去の戦場に
篆刻された死者の聲（かもしれない
あのあと激しい霙が降って、止んだ
冷たい森にぼくは行ったことがない
（あの森は半分に破かれているから
残された半分の空に黒い石碑が立っている

いずれ小さな耳をもつ人は
碑文の一字に加わる（だろう
黎明の空から一条の光がおとずれると
霊魂はテフになり
ぢきにてふになるだらう

（季節の分岐の果てに冬の戦も終わるのだろうか
すると魂はちょうになり
さらに無数の蝶の姿になって海峡から戻ってくる

初出一覧

冒頭（雨　「鯨々」13号、2023年8月

最後の光景　「鯨々」6号、2021年4月

駅　「空気の日記」2020年11月24日

しろいうさぎを狩る者たち　「鯨々」8号、2021年12月

空気の日記　「空気の日記」2020年4月～2021年3月（remix）

昨日まで地球の夢を見ていた　「鯨々」4号、2020年8月＆「新小説」創刊号、2020年2月（remix）

白地図の星座　「みらいらん」11号、2023年1月

星の夢（あるいは夜の虹　「鯨々」9号、2022年4月

昨日まで地球の夢を見ていた（水の粒子　「新小説」創刊号、2020年2月（改稿）

空は収縮し、一点で潰れる　「現代詩手帖」2022年7月号

星の（案山子　「みらいらん」10号、2022年7月

＊朗読として「ふじのくに世界演劇祭2022」での「星座へ」（コンセプト／ブレット・ベイリー、日本版キュレーション／大岡淳　2022年5月6、7、8日）

星座の冬　「鯨々」3号、2020年4月

星座（夢の義足　「みらいらん」12号、2023年7月

＊初出タイトルは「星座は夜空に義足の夢を見ている」

冬の記憶の　「ポスト戦後詩ノート」20号、2020年3月

砂の地図、砂の記憶　「鯨々」12号、2023年4月

耳底の影に　「鯨々」10号、2022年8月

白い闇の向こうに　「鯨々」11号、2022年12月

碑文の一字　「現代詩手帖」2023年2月号

しろいうさぎを狩《か》る者《もの》たち

著者
渡辺《わたなべ》玄英《げんえい》

発行者
小田啓之

発行所
株式会社思潮社
〒 162-0842　東京都新宿区市谷砂土原町 3-15
電話 03（5805）7501（営業）
　　 03（3267）8141（編集）

印刷・製本所
創栄図書印刷株式会社

発行日
2023 年 10 月 1 日